ウォーリーと16人のギャング

THE CONTESTS AT COWLICK

Text by Richard Kennedy

Illustrations by Marc Simont

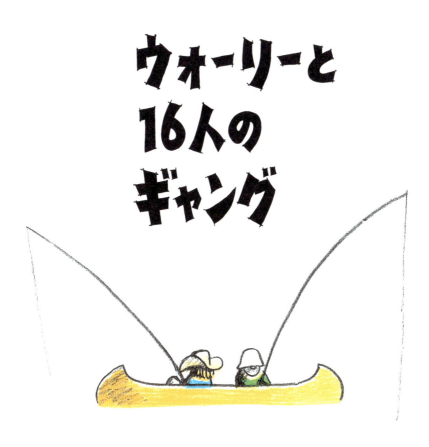

ウォーリーと16人のギャング

リチャード・ケネディ／ぶん
マーク・シーモント／え
小宮 由／やく

大日本図書

ある　ほこりっぽい　ごごの　ことでした。
ホグボーンと　ギャングの　なかまたちが、
カウリックという　小《ちい》さな町《まち》に　のりこんで
きました。ちょうど　そのとき、町《まち》を　まもる
しょちょうさんと　おまわりさんたちは、
川《かわ》へ　つりに　出《で》かけていました。
しょちょうさんは、出《で》かける　まえに、
みんなに　こう
いいのこしていました。

「もし、われわれの　たすけが
ひつようになったら、川《かわ》へ　むかって
大《おお》ごえで　さけびなさい。
すぐに　もどってくるから。」

そこで　町《まち》の人《ひと》たちは、ギャングたちが
やってくるのを　見《み》ると、川《かわ》へ　むかって
大《おお》ごえで　さけびました。
「しょちょうさーん！」
と、ちょうちょうさん。

「たすけてくれー！」

と、パンやさん。

「はやく　きてくれー！」

と、とこやさん。

たくさんの人《ひと》が　さけびましたが、
中《なか》でも　一《いち》ばん　大《おお》きな　こえだったのは、
ぎんこうの　てんちょうさんでした。

「おーい！　なんとか　してくれ――――！」

でも、しょちょうさんと　おまわりさんたちは、
もどってきませんでした。
町《まち》の人《ひと》たちは、はしって　いえの中《なか》に　かくれました。
ホグボーンと　ギャングたちが、町《まち》の大《おお》どおりへ
入《はい》ってきたときには、とおりは　からっぽで、
ぜんぶの　とびらと　まどに、かぎが　かかっていました。
そして、すきまの　あちこちから、そとの　ようすを
うかがう目《め》と、カーテンの　うしろで、ねこのように
ひっそりと　うごく　かげが　見《み》えました。

ホグボーンと　十五人《じゅうごにん》のギャングたちは、ぎんこうの
まえで、たづなを　ひいて　うまを　とめました。
カウリックの町《まち》は、まるで　ゴーストタウンのように
ひっそりと　しずまりかえっていました。
「おい！　にわとりごやの　ひよっ子《こ》ども！
どこへ　いった！」
と、ホグボーンは　どなりました。
「どうしたってんだ？　いくじなしの　しょちょうと、
めめしい　なかまは、どこだ？　出《で》てこい！

おれさまの　けんじゅうを　ぶっぱなしてやるぜ！」
人《ひと》かげが、カーテンの　うしろで　かたまり、
そとを　うかがう目《め》も　見《み》えなくなりました。
「ふんっ！　つまらん。」と、ホグボーンは　いいました。
「おい、おまえら！　ぎんこうから　金《かね》を　とってこい！」
ギャングの　なん人《にん》かが、からだを　ボリボリ　かいたり、
つばを　はいたりしながら、うまから　おりました。
「おまえら！」と、ホグボーンは　つけたしました。

ぎんこう

「すこしは、めんどうを
おこしてこいよ。」
すると　そのとき、
ウォーリーという　男《おとこ》の子《こ》が、
うまの　水《みず》おけの下《した》から
あらわれて、
ギャングたちの　まえに
すすみ出《で》ました。
「なにか　めんどうが

ほしいの？　だったら、ぼくが
めんどうを　あげるよ。」
と、ウォーリーは　いいました。
ホグボーンは、
ウォーリーを　ジロリと
見《み》おろして　いいました。
「おまえを　ムシャムシャと
くっちまったら、はの　あいだに　いろいろ　つまって、
とりのぞくのに、さぞかし　めんどうだろうなぁ。」

「ハッハッハッハッ！」

それを　きいた　ギャングたちが、わらいました。

「うるせえ、だまれ！」

ホグボーンは、いいました。

「ぼくは、この町《まち》で　一《いち》ばん、かけっこが　はやいんだ。」

と、ウォーリーは　いいました。

「あなたたちの中《なか》から、足《あし》の　はやい　五人《ごにん》と　かけっこを　したって、まけないと　おもうよ。」

「こいつは、おもしれえ。おれたちと

しょうぶ　しようってのか。こういう　おあそびを
ことわるわけには　いかねえなぁ。」
ホグボーンは　そう　いうと、なかまの　ほうに
ふりむきました。
「アリゲーター！　ブラックウィップ！
スネークバイト！　ガウジアイ！　クランビー！
おりろ！　じゅんびするんだ！」
よばれた　五人《ごにん》のギャングは、うまから　とびおりました。
ウォーリーは、じめんに　せんを　ひきはじめました。

「ゴールは、この　とおりの　つきあたりを
まがったところに　ある、マックジーさんの
かしうまやの　中《なか》だよ。」
ウォーリーは、せんの　まえに　立《た》って　いいました。
五人《ごにん》のギャングは、けんじゅうが　ささった
ガンベルトと、ブーツの　はくしゃを　はずし、
ぼうしを　じめんに　なげすて、ズボンを　ぐいっと
ひきあげました。そして、ウォーリーが　立《た》っている
せんに　ならびました。

「ようい は　いい？」

と、ウォーリーは　ききました。

「いつでも　いいぜ。」

と、ギャングたちは　いいました。

ホグボーンは、けんじゅうの
44《フォーティフォー》マグナムを　とり出《だ》し、
空《そら》に　むけました。

「いちに　つけ！　よーい……」

バンッ！

みんなは、いっせいに
とび出《だ》しました。ウォーリーは、
ビリでした。そして、ビリのまま、
とおりの　かどを　まがって　いきました。
町《まち》の人《ひと》たちは、ギャングたちが
はしっていくのを　かくれて
見《み》ていました。
　ウォーリーが、やっと
マックジーさんの　かしうまやに　ついて、

とびらを　あけると、
もう　とっくに　ゴールしていた
五人《ごにん》のギャングは、
大《おお》わらいしました。
ウォーリーは、にっこり
わらって、おもたい　とびらを
バタンと　しめると、そとから
カギを　かけてしまいました。
それから　ゆっくり

あるいて、ホグボーンの
ところへ　もどっていきました。
ギャングは、ホグボーンを
のぞいて、あと　十人《じゅうにん》　いました。
町《まち》の人《ひと》が　なん人《にん》か、
ビクビクしながら、
ほこりっぽい　とおりに
出《で》てきました。
「あなたたちの　かちだね。」

ウォーリーは、
ホグボーンに　いいました。
「みんなは、かしうまやの
わらの上《うえ》で、おさけを
ひっかけてるよ。」
「ハッハッ！」
と、ホグボーンは
わらいました。
「ハッハッハッハッ！」

と、ギャングたちも
わらいました。
「うるせえ、だまれ！」
ホグボーンは　いいました。
「でも、ちょっと　スタートに
しっぱい　しただけさ。
うまくいってれば、
ぼくが　かってたのに。」
と、ウォーリーは　いいました。

「だから　いまの　しょうぶは、なかったことに　してよ。
そのかわり、べつの　しょうぶを　するから。
もう一《いち》ど、五人《ごにん》　えらんでくれない？　こんどは、
だれよりも　はやく、はしごを　のぼって　みせるよ。」
「おまえは、ずいぶん　なまいきな　子《こ》ねずみだなぁ。」
と、ホグボーンは　いいました。
「バシッと　もう　いっぱつ、かましてやらなきゃ　なるまい。
よし！　ホースブランケット！　サドルホーン！　シンチ！
レイクスパー！　ヤンクビット！　じゅんびしな！」

五人《ごにん》のギャングが　うまから　とびおりました。そして、
ニタニタと　わらいながら、ガンベルトと、ブーツの
はくしゃを　はずし、シャツを　ズボンに　たくしこみました。
町《まち》の人《ひと》たちが、さっきよりも　おおく　とおりに
出《で》てきました。
「きょうかいの　やねまで　とどく、ながい　はしごが
二《ふた》つ　いるんだけど。」
ウォーリーが　そう　いうと、町《まち》の　大《おお》きな
男《おとこ》の子《こ》たちが、ながい　はしごを　二《ふた》つ　かついできて、

きょうかいの　かべに　たてかけてくれました。

五人《ごにん》のギャングは、ウォーリーを　とりかこみました。

「じゃあ、そっちの　はしごを　あなたたちが　のぼって、ぼくは　こっちを　のぼるよ。ぼくは、だれよりも　はやく、はしごを　のぼって、やねの　てっぺんに　すわって　みせるから。」

「いいだろう。」

と、ホグボーンは　いいました。

「おれたちの　すばやさを　あまく　みんじゃねえぞ。」

ホグボーンは、44《フォーティフォー》マグナムを　空《そら》に　むけました。

「いちに　つけ！　よーい……」

バンッ！

ぜんいん、はしごに　とびうつって、のぼりはじめました。

五人《ごにん》のギャングは、あっというまに　のぼりきり、やねを　かけあがって、きょうかいの　てっぺんに　すわりました。

ウォーリーは　というと、まだ　はしごを　のぼりきったところでした。

ウォーリーは、そこで　とまって、下《した》を　見《み》ました。

さっきよりも　おおくの　町《まち》の人《ひと》が、ウォーリーの
しょうぶを　見《み》に、いえから　出《で》てきていました。
中《なか》には、ライフルじゅうを　もっている人《ひと》も　いました。

「すごい！」

ウォーリーは、やねに　いる　ギャングたちに
むかって　いいました。

「あなたたちって、ほんとうに
のぼるのが　はやいんだね。」

「おしかったなぁ。めキャベツちゃん。」

と、ホースブランケットが
いいました。
ウォーリーは、ホグボーンに
むかって　さけびました。
「この　しょうぶ、あなたたちの
かちだね。でも、もう一《いっ》かい
しょうぶしてよ。
それだったら、のこり　五人《ごにん》に
かてる　じしんが　あるんだ。」

「じゃあ、おりてこい、ちびの　おんどり。」

と、ホグボーンは　さけびかえしました。

「さいごの　チャンスだ。」

ウォーリーは、また　やねにいる　ギャングたちに
むかって　いいました。

「あなたたちは、山《やま》のヤギより　のぼるのが
じょうずだったね。」

「わるくなかったぜ、ちびっこ。」

と、サドルホーンが　いいました。

「そこは、たかくて　気《き》もち　いい？
見《み》はらしも　いいでしょ？」
と、ウォーリーは　ききました。
「ああ、いいなぁ。」と、レイクスパーが　いいました。
「とくとう　せきさ。」と、ヤンクビットも　いいました。
「うまの　くらに　またがってる　みたいだぜ。」
と、シンチも　いいました。
ウォーリーが　ギャングを　のこして　はしごを　おりると、
さらに　おおくの　町《まち》の人《ひと》が　とおりに　出《で》てきました。

「ぼくは、力《ちから》もちには　見《み》えないって、
よく　人《ひと》に　いわれるんだけど。」
と、ウォーリーは　ホグボーンに　いいました。
「ああ、そうだろうな。おれさまの　ちっこい
いもうとに　そっくりだからな。」
と、ホグボーンは　いいました。
「そうかもね。でも、ぼくは　あれぐらいだったら、
もち上《あ》げられるよ。」

ウォーリーは、さくに　つながれた、まだらの
うまを　ゆびさしながら　いいました。
「ほう。あれは　小《ちい》さい　とはいえ、うまだぞ。」
と、ホグボーンは　いいました。
「できるよ。」
と、ウォーリーは　いいました。
「じゃあ、こういう　しょうぶは　どう？　ぼくは、
あの　うまを　もち上《あ》げる。あなたたちは、じぶんが
のっている、ブタみたいに　ふとった　うまを

もち上《あ》げることが　できる？
きっと　できないだろうね。」
ホグボーンは、かおを　まっかにして　さけびました。
「おい！　バンプ！　スタンプ！　クランプ！
ダンプ！　ランプ！　こい！
おまえらの　ふとったブタ……じゃない！
おまえらの　うまと　いっしょに　くるんだ！」
五人《ごにん》のギャングは、じぶんの　うまを　ひいてきました。
ウォーリーも、まだらの　こうまを　ひっぱってきました。

「じゃあ、いまから　しょうぶを　するけど、
うまを　もち上《あ》げるには、ちょっとした
コツが　あるんだ。こうやって、うまの　ま下《した》に
もぐりこんで、せなかで　もち上《あ》げるんだよ。
ただ、けっこう　それが　むずかしくて、うまは　すぐに、
せなかから　ずりおちちゃうから、まず、うまと
にんげんを　ロープで　きつく　むすびつけるんだ。
はい、じゃあ、うまの下《した》に　もぐって。
ぼくが　やってあげるから。」

ウォーリーは　そう　いうと、こんどは、町《まち》の人《ひと》たちに
むかって　いいました。
「ねえ、だれか、ちょっと　手《て》つだってくれない？」
ウォーリーは、バンプの　うまに　ついていた
なげなわを　とると、うまの　くらから、
バンプの　おなかに　かけて、ロープを　なんじゅうにも
まき、さいごに　きつく　むすびつけました。
「これで　いっちょう　あがり。」
と、ウォーリーは　いいました。

ウォーリーは、ほかの
四人《よにん》も　おなじように
ロープで　むすびつけました。
おかげで　ギャングたちは、
足《あし》と　手《て》の　ゆび先《さき》が、
じめんに　くっつくだけに
なってしまいました。
「なかなか　おもしろい
あそびだな。」

ホグボーンは、その　ようすを　見《み》ながら
いいました。
「なかなか　おもしろいでしょ？」
と、ウォーリーも　いって、きょうかいの　ほうへ
あるいていくと、かかっていた　二《ふた》つの　はしごを
バタンと　じめんに　たおしてしまいました。
「おい！」
と、やねに　いた　ヤンクビットが　さけびました。

「そんなこと　したら、おれたち、どうやって
おりるんだ？」
その　しゅんかん、ホグボーンは、ハッと　しました。
とおりを　見《み》ると、かけっこの　しょうぶを　した
五人《ごにん》は、まだ　かえってきません。
はしごを　のぼった　五人《ごにん》は、やねの上《うえ》です。
のこりの五人《ごにん》は、うまに　むすびつけられています。

ホグボーンは、サッと　44《フォーティフォー》マグナムを　ひきぬくと、じゅうこうを　ウォーリーの　みけんに　むけました。

と、どうじに、町《まち》の人たちも、ハッと　気《き》がついて、ライフルじゅうを　いっせいに　ホグボーンへ　むけました。

ウォーリーが　いいました。

「いま、あなたの
なかまの　うち
五人《ごにん》は、
マックジーさんの
かしうまやに
とじこめられていて、

もう　五人《ごにん》は、
きょうかいの
やねから
おりられない。

のこりの
五人《ごにん》は、
うまの下《した》に
むすびつけられてる。

さあ、そうなると、あなた
ひとりで　できることって、
あんまり　ないんじゃないかな？」
「ふんっ！　おれさまは、この
けんじゅうで、おまえの
あたまを　すっとばすこと
ぐらいは　できるぜ。」
と、ホグボーンは　いいました。
「それは　できないと　おもうな。」

ウォーリーは、
ライフルじゅうを
もった
町《まち》の人《ひと》たちを
見《み》ながら　いいました。
「たぶん、ぼくの　ともだちが
そんなこと　させないから。
ただ、もし、あなたが
ぼくよりも　大《おお》きな　こえを

出《だ》せるなら、なかまを　ぜんいん　かえしてあげるし、ぎんこうに　ある　お金《かね》も　ぜんぶ　もってって　いいよ。」

「ハッハッ！」

と、ホグボーンは　わらいました。

「大《おお》ごえの　しょうぶだと？　どうやら　おまえは、なぜおれが　ボスなのか　わかってないらしいな。」

「ハッハッハッハッ！」

それを　きいた　ギャングたちも　わらいました。

「うるせえ、だまれ！」

と、ホグボーンは　いいました。
ギャングたちは、ピタッと　わらうのを　やめました。
「あなたから　先《さき》に　どうぞ。」
と、ウォーリーは　いいました。
ホグボーンは、あごを　ポリポリ　かき、まわりを
ちゅういぶかく　見《み》まわしました。
それから「ふんっ！」といって、かたを　すくめると、
けんじゅうを　ホルスターへ　つっこみました。
「いいだろう。」と、ホグボーンは　いいました。

「では、ちょいと、ばしょを　あけてもらおう。」

ホグボーンが　りょううでを　大《おお》きく　のばすと、
町《まち》の人《ひと》たちは、二《に》、三《さん》ぽ、うしろに　さがりました。

ホグボーンは、大《おお》きく　いきを　すいこみ、
ありったけの　こえを　はり上《あ》げました。

「うううぅぅぅ…………

ああああああぁぁぁぁぁぁぁぁ！」

「なかなか　いいね。」

と、ウォーリーは　いいました。

「でも、もっと　おなかの　そこから　出《だ》さないと。
ぼくは、それより　大《おお》きな　こえを　出《だ》せるよ。」
「なんだと？　いまのが、おれさまの　本気《ほんき》だと
おもったのか？」
と、ホグボーンは　いいました。
「よし、よく　きけ！」
「うううぅぅぅ…………
おおおおおおおおおおおおおお
おおおおおぉぉぉぉぉぉぉぉぉぉぉぉ‼」

「うん、わるくない。」

と、ウォーリーは　いいました。

「でも、ぼくの　ほうが　大《おお》きいな。

その　ガンベルトを　はずしたら？

そしたら　もっと、いきが　すいこめると　おもうよ。」

「そうかもしれんな。」

ホグボーンは　そう　いって、ガンベルトを　はずし、
かたわらに　なげすてました。

「いくぞ！」

「やああああああああああ
ああああああああああああああああああ
いいいいいいいいいいいいいいいいいいいいい
いいいいいいいいいいいいいいいいいいいいいいいい!!!」
「ぼうしを　とって、もっと　あたまを　そらしたら？」
と、ウォーリーは　いいました。
ホグボーンは、それから　六《ろっ》かいも　さけびました。
そして、そのたびに、こえは　大《おお》きくなっていきました。
七《なな》かい目《め》に　さけんだ　ときでした。

ホグボーンの　こえを
ききつけ、つりから
ひきあげてきた、
しょちょうさんと
おまわりさんたちが、
うしろから　こっそりと
ちかづき、ホグボーンの
うでを　がっちりと
おさえつけてしまいました。

ホグボーンは、大《おお》ごえを　出《だ》しきって、
いきも　たえだえでしたので、しょちょうさんに
ひっぱられても、なにも　できませんでした。
そして、ギャングの　なかまも
つかまって、ホグボーンと
いっしょに　ろうやへ
ほうりこまれました。
なん日《にち》かして、ウォーリーが
ろうやの　まえを

とおりかかると、ホグボーンが
ギラリと　にらみつけてきました。

「おい、こぞう！」

と、ホグボーンは　いいました。

「なかなか　おもしろかったぜえ。」

「ハッハッハッハッハッ！」

ギャングたちは、わらいました。

「うるせえ、だまれ！」

ホグボーンは　いいました。

ウォーリーは、
さおを　かた手《て》に、
川《かわ》へ　つりに
いってしまいました。

おしまい

リチャード・ケネディ（1932-2008）

アメリカ、ミズーリ州生まれ。ポートランド州立大学とオレゴン州立大学の大学院で自然科学を学び、オレゴン州で小学校教諭を経て、作家となる。物語は、20歳で書き始め、十数作を発表。代表作『ふしぎをのせたアリエル号』（徳間書店）は、世界8カ国で翻訳され、受賞も含めて高い評価を得ている。

マーク・シーモント（1915-2013）

フランス、パリ生まれ。アーティストの父の影響で幼い頃から絵を描き始め、後に、パリやニューヨークの学校で絵を学ぶ。デビュー作は、1939年、エマ・G・スターン作の児童文学の挿絵で、以来、著作は100冊を超える。1950年『はなをくんくん』（福音館書店）でコルデコット・オナー賞、1957年『木はいいなぁ』（偕成社）でコルデコット賞を受賞。その他の作品に、「ぼくはめいたんてい」シリーズ（大日本図書）などがある。

小《こ》宮《みや》 由《ゆう》（1974- ）

東京生まれ。大学卒業後、出版社勤務、留学を経て、子どもの本の翻訳に携わる。東京・阿佐ヶ谷で家庭文庫「このあの文庫」を主宰。祖父はトルストイ文学の翻訳家、北御門二郎。主な訳書に、「ぼくはめいたんてい」シリーズ（大日本図書）、「テディ・ロビンソン」シリーズ（岩波書店）、『やさしい大おとこ』（徳間書店）など、他多数。

こころのほんばこ

子どもたちがワクワクしながら、主人公や登場人物と心を重ね、うれしいこと、悲しいこと、楽しいこと、苦しいことを我がことのように体験し、その体験を「こころのほんばこ」にたくさん蓄えてほしい。その積み重ねこそが、友だちの気持ちを想像したり、喜びをわかちあったり、つらいことがあってもそれを乗り越える力になる、そう信じています。——小宮由（訳者）

こころのほんばこシリーズ
ウォーリーと 16人のギャング
2015年12月25日 第1刷発行
2017年 4月20日 第3刷発行

作者 リチャード・ケネディ
画家 マーク・シーモント
訳者 小宮 由
発行者 藤川 広
発行所 大日本図書株式会社
〒112-0012 東京都文京区大塚3-11-6
URL http://www.dainippon-tosho.co.jp
電話：03-5940-8678（編集）
03-5940-8679（販売）
048-421-7812（受注センター）
振替：00190-2-219
デザイン 大竹美由紀
印刷 株式会社精興社
製本 株式会社若林製本工場

ISBN978-4-477-03044-9 64P 21.0cm × 14.8cm
NDC933

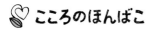